KB043352

부디

힘
내
라
고

부디 힘내라고

초판 1쇄 발행 2022년 9월 20일
지은이 양광모
펴낸이 김선기
펴낸곳 (주)푸른길
출판등록 1996년 4월 12일 제16-1292호
주소 (08377) 서울시 구로구 디지털로 33길 48 대륭포스트타워 7차 1008호
전화 02-523-2907, 6942-9570~2
팩스 02-523-2951
이메일 purungilbook@naver.com
홈페이지 www.purungil.co.kr
ISBN 978-89-6291-910-3 03810

© 양광모, 2022

부디 힘내라고

양광모 시집

푸른길

나의 눈물을 위로하려 썼다.
나의 슬픔과 한숨,
나의 상처와 고통을 다독여 주려 썼다.

그것이 나만의 삶은 아닐 것이기에.
나보다 더 깊고 넓은
슬픔의 강을 헤엄쳐 건너느라
지칠 대로 지친
당신이 거기 있음을 알기에.

부디 힘내라고.
나도 힘내겠다고.
우리 함께 강 저편에서 만나자고.

차
례

I. 그대가 걷는 길이 꽃길이다

Ⅱ. 희망은 봄처럼 온다

Ⅲ. 부디 힘내라고

Ⅳ. 슬픔에게 기쁨을 주라

그대가 걷는 길이 꽃길이다

I

삶이 내게 지쳤냐고 묻는다

멈추지 않는 비 없고
지나가지 않는 바람 없는데
벌써 지쳤냐고

봄마다 꽃은 다시 피어나고
가을마다 단풍은 다시 물드는데
벌써 지쳤냐고

돈에 지쳐도
사람에 지쳐도
네가 걸어가는 길에는
결코 지치지 말라고

죽는 날까지
변함없이 사랑해야 할 것이
어찌 사람뿐이겠느냐고

삶이 내게 푸른 의지를 묻는다

반하다

반쯤 살아 보면 아는 것
빼앗길수록 커지는 기쁨도 있다는 것
빼앗겨야만 비로소 찾아오는 행복도 있다는 것

가난한 마음아
우리가 욕심을 부려
두 손에 잔뜩 움켜쥐지 말고
꽃에 반해 살자
햇살에 반해 살자
별빛에 반해 살자

가난한 마음아
우리가 기꺼이 마음을 빼앗겨
푸른 하늘에 반해 살자
저녁 노을에 반해 살자

서성이다

서성이다라는 말
참 좋지요

밤을 서성이다
꽃나무 밑을 서성이다
새벽 바다를 서성이다
먼 하늘가를 서성이다
별들의 마을을 서성이다
사랑하는 사람의 곁을 서성이다

서성이며 사는 삶
참 마음 서성이지요

그대가 걷는 길이 꽃길이다

그대 지나온 길 뒤돌아볼 때
사랑의 꽃잎
인정의 꽃잎
섬섬히 떨어져 있다면
그대가 걸어온 길이 꽃길이다

그대의 머리
비에 젖는 날에도
새싹 같은 희망
가슴에 품고 살아간다면

그대의 어깨
눈 쌓이는 날에도
봄볕 같은 사랑
가슴에 품고 살아간다면
그대가 걸어가는 길이 꽃길이다

사람아
너의 마음에 향기로운

꽃 한 송이 활짝 피어 있다면
그대가 걷는 길이 꽃길이다

2월의 노래

아직 피어나지 않았으나
이제 곧 활짝 피어날
꽃봉오리 달

겨울바람에 흔들리는
마른 나뭇가지 사이로
2월의 노래 들려오네

저절로 피어나는 꽃이 아니다
저절로 찾아오는 봄이 아니다
뿌리에서 가지까지 힘껏 물을 끌어 올려라

입춘

겨울을 떠나
봄으로 들어갑시다

눈물을 떠나 웃음으로
슬픔을 떠나 기쁨으로
절망을 떠나 희망으로

오늘 우리의 발걸음을
꽃의 나라로 옮깁시다

토닥토닥 서로의
어깨와 등을 두드려 주며
수고했노라 애썼노라
따뜻한 위로의 말을 주고받으며

오늘 우리 함께 손잡고
얼음의 나라를 떠나
햇살의 나라로 들어갑시다

춘분

낮과 밤의 길이가
똑같아지는 날이라는데

이 세상 모든 사랑과 이별의
길이도 똑같아지기를

점점
사랑의 길이가 길어지기를

사랑보다
긴 이별은 없기를

봄맞이

봄을 맞을 때는
먼저 다독거려 줄 것
애썼노라, 잘 이겨냈노라
지난겨울의 눈물을 토닥거려 줄 것

봄을 맞을 때는
무엇보다 피워 낼 것
새싹 같은 희망과
새꽃 같은 사랑을
가슴 가득 피워 낼 것

봄을 맞을 때는
결코 잊지 말 것
그대가 사람을 바라보는 일
그대가 세상을 바라보는 일
그것이 먼저 봄이어야 한다는 것

봄이 오면

바람에 서 있읍시다
풀밭에 누워 있읍시다
햇살에 앉아 있읍시다
꽃나무 밑을 걸어다닙시다

꽃 한 다발만큼
더 활짝 웃고
꽃 두 다발만큼
더 자주 기뻐하며
봄볕처럼 따뜻해집시다

꽃과 잎을 피워 내는 봄처럼
우리 사랑과 희망을 피워 냅시다

봄 • 1

아, 나는 다시 봄을 맞았구나

그대가 만약
이 기쁨을 알지 못한다면
그대의 봄은
그저 겨울 다음의 계절일 뿐이다

봄은 환희에 있는 것
이별의 아픔 끝에
영원히 돌아오지 않을 것 같던
사랑이 다시 찾아오는 것
그리하여 놀라 외치는 것

아, 나는 다시 내 삶을 사랑하리

4월

흰 눈 쌓여 있던 가지에
거짓말처럼 푸른 잎 돋아나듯

슬픔 쌓여 있던 삶에도
거짓말처럼 새 기쁨 솟아나리

일어나라 사월이여
거짓말 같은 사랑, 거짓말 같은 행복

4월의 편지

벚꽃으로
진달래로
개나리로 쓴다

세상이 얼마나 아름답냐고
기다리면 봄이 오지 않더냐고

목련으로
철쭉으로
라일락으로 쓴다

생명이 얼마나 눈부시냐고
온몸으로 꽃의 시간을 살라고

민들레로 쓴다
어디든 마음껏 날아가라고

만우절

진달래와 친구가 되겠습니다
별의 연인이 되겠습니다
흰 구름 위에 작은 집을 짓고 살겠습니다
하루에 한 끼는 붉은 노을을 먹겠습니다
용서하지 못한 모든 사람을 용서하겠습니다
가장 미운 사람을 가장 많이 사랑하겠습니다
다시는 거짓말을 하지 않겠습니다

5월

기세등등한 젊은이가
연초록 제복을 입고
푸른 함성을 외치는 달

지금이다!
이때가 아니라면 언제 또 해 보겠는가!

5월에 마음이 머무는 이는
언제나 청춘과 희망을 잃지 않으리

5월이 오면

햇살을 씻어 밥을 지으리
신록을 뜯어 상 위에 올려놓고
하늘처럼 아끼는 이와 마주 앉으리

슬픈 이야기는 나누지 않으리
사랑과 희망만 소곤거리며
꽃에서 길어 온 물을 나눠 마시리

5월이 오면 누구라도
행복해야 한다는 듯이 행복하리
5월이 오면 누구라도
행복할 수 있다는 듯이 행복하리

6월의 기도

6월은 계절의 왕

녹음이 짙어지듯

내 삶을 사랑하리

연두색 잎이 진초록으로 바뀌듯

어제보다 강한 의지를 품고

하루하루 열기를 더하는 태양처럼

5월보다 뜨거운 열정으로 순간을 살며

낮의 길이가 밤보다 길어지듯

봄보다 밝은 햇살로 영혼의 그늘을 없애리

6월이 오면

청순과 명랑은 나의 신부

세상은 태양의 왕궁이 되고

나는 기쁨의 왕이 되리

7월의 시

신도 아시는 게다
이때쯤이면 새해를 맞으며
정성껏 칠한 마음속 무지갯빛 꿈이
반쯤 벗겨진다는 걸

잊지 말라고
벌써 반이 지났다고
희망과 열정으로 다시 덧칠하라고
7월이다

일곱 번 쓰러져도
여덟 번 일어나면 된다고
일 년에 한 번밖에 만나지 못하는
견우와 직녀도 결코 포기하지 않는다고
우리의 꿈과 사랑을
무지갯빛으로 다시 덧칠하라고
7월이다

봄 · 2

기다리지 마라

오늘 얼굴에 꽃 한 송이
피우면 봄이요

오늘 마음에 새싹 한 잎
돋으면 봄이다

푸른 하늘을 향해
힘껏 발돋움 한 번 하면

오늘이 늘 봄이다

봄 · 3

하늘을 보며
활짝 웃어
봄

햇볕을 쬐며
느릿느릿 길을 걸어
봄

꽃들에게
먼저 인사를 건네
봄

세상은
아름답다 큰 소리로 외쳐
봄

봄처럼 따스하게 살자
스스로에게 힘껏 다짐해
봄

봄비 • 1

꽃 피우려 내리고
진 꽃 싣고 가려 내린다

가지 뻗으라 내리고
마른 목 축이라 내린다

사람아, 봄비를 맞자
사람아, 올봄에는 조금 더 자라나자

그냥 봄이 아니다

그냥 봄이 아니라
다시 봄이다
어제와 다른 눈으로
다시 보는 것
지금까지 보지 못했던 것들을
다시 보는 것
무심히 잊고 살아가는 것들을
다시 보는 것
한결 더 따뜻한 시선으로
다시 보는 것
그리하여 가슴에
꽃 한 송이 피어나는 것
그냥 봄이 아니다
새봄이다

봄 편지 · 1

그대를 위해
다시 봄이 온다

피어나라고
눈부시게 활짝 피어나라고

긴 겨울 잊었을 수도 있겠으나
그대가 꽃이라고

꽃칠

목구멍에 풀칠하며 살기도
바쁜 세상이지만
더러는 꽃칠도 하고
더러는 볕칠도 하며 살 일
누구라도 가슴에
구멍 하나쯤 안고 사는 세상이니까
더러는 밤하늘에 별칠도 하며 살 일

희망은 봄처럼 온다

희망은 봄처럼 온다

희망은 봄처럼 온다
오는 듯 오지 않는 듯
온 듯 오지 않은 듯

어느 먼 곳에선가
밤손님처럼 꽃이 찾아왔다는
소문 들려오지만
영영 떠난 줄 알았던 겨울이
느닷없이 다시 돌아와
매서운 눈초리로 봄을 시샘할 때

한 그루 한 그루씩
한 송이 한 송이씩
서두르지 않고
차례대로 꽃을 피워 내며
남에서 북으로
한 걸음 한 걸음씩
희망은 봄처럼 온다

빗방울이 바다가 된다

빗방울이 빗물이 된다
빗물이 개울물이 되고
개울물이 강물이 되고
강물이 바다가 된다

삶이 개울물 같은 날엔
기억할 것

그대 지금 바다 되려
아득히 먼 길 흘러가고 있다는 것을

계단

지금 힘들다면
올라가고 있는 것이다

너무 힘들어
그 자리에 털썩 주저앉고 싶다면
정상에 가까워진 것이요
얼마나 더 가야 하는지 알 수 없다면
아주 높은 곳으로
올라가고 있는 것이다

살아가는 일이
고통스러운 날엔 마음에게 말하라
지금 힘들다면
계단 하나 올라가고 있는 것이다

풀물

사랑이거나 세상이거나
뭐라도 물들이고 싶거든
풀잎을 보라

으깨어져야
물들일 수 있다

거세게 오래 짓눌려야
가장 진하게 물들일 수 있다

누룽지

밑바닥 인생이다

가장 앞에 서서
온몸으로
뜨거운 불길을 이겨 내야 한다

달기야 하겠냐마는
구수한 또한 생이려니

죽

죽을 먹다 혀를 데었다
삶도 죽을 맛인데…

넋을 잃고
물끄러미 죽을 바라보다
'죽'은 사람 소원도 들어준다는데
산 사람 소원을 못 들어줄까, 라는
옛말이 떠올라
죽 먹던 힘을 다해 빌어 보기를

죽이여,
안일과 안녕을 구하는
내 영혼을 데게 해 다오

세상에 따뜻한
죽 한 그릇 되는 것이
진정 살맛 나는 삶이라는 것을
깨우칠 수 있도록
내 싸늘히 식은 영혼의 눈과 귀를
화들짝 데게 해 다오

라면

어떤 날은 싱겁고
어떤 날은 짜다

어떤 날은 덜 익고
어떤 날은 불었다

하느님도 많이 힘드시겠어요
라면 하나 제대로 끓이기도 어려운데…

인생이라는 거
쫄깃쫄깃하다면야 좋겠다만
퉁퉁 불은 라면처럼 살 일도 아니다

혀

사는 게 왜 이 모양인가
혀를 끌끌 차기도 하지만
입속의 혀도
뜨거운 국물에 데는 날 있고
생선 가시에 찔리는 날도 있으니
입 밖의 생이야
아프다 탓해 무엇하리
입속의 혀조차
스스로 깨무는 날 있거늘

당糖

달달한 게 먹고 싶은 날
왜 없겠는가

텁텁한 날
씁쓸한 날
마음이 덜덜 떨리는 날
돈도 사랑도 남김없이 모두 털린 날엔
술보다야 달달한 게 최고지

뜨거운 물에 설탕이 녹듯
스르르 스르르
고단한 몸속에 녹아들면
다시 한 번 당찬 삶도 가능하리니

꽃씨 몇 개

사랑이 꽃 피거든
꽃씨 몇 개 받아 둡시다

행복이 꽃 피거든
열매 몇 개 받아 둡시다

인생은 길고
봄날은 짧은 것

이별과 슬픔 찾아오는 날
메마른 겨울 가슴에 심을 수 있도록

웃음이 피어나는 날
미소 몇 개 받아 둡시다

눈

눈이 세상을 눈부시게 한다
눈이 세상을 아름답게 한다
눈이 사람을 행복하게 한다
눈이 사람을 따듯하게 한다

눈이여, 눈을 보아라
눈이 어두운 밤조차 낮처럼 빛나게 한다

눈 雪

너를 보면
내 가슴은 기쁨으로 뛴다

살아오며 묻은 때
모두 덮어 줄 것만 같아

남아 있는 생의 날들
순백으로 살아갈 수 있을 것만 같아

마가목 열매보다
붉은 사랑 불현듯 찾아올 것만 같아

눈이여,
이 세상 가장 맑고 어여쁜 눈이여
너를 보면 내 심장에 폭설이 쏟아져 내린다

눈나무

하늘나라 눈나무에
낙엽이 지면
사람들의 땅에
눈이 내린다
저토록 흰 단풍이 드는
나라에 살고 싶어
눈이 내리면
내 마음도 허공을 펄펄 흩날리거니
생의 마지막 밤이 오면
저 순결의 나라로 올라가
나는 한 그루 맑은 눈나무가 되리라

아직 겨울인 그대에게

봄이 왔는데
아직 겨울인 그대에게

꽃이 피는데
아직 마음에 눈보라 치는 그대에게

파릇파릇 새잎 돋는데
아직 마른 가지로 떨고 있는 그대에게

들어 봐
끝나지 않는 계절 없잖아
너의 겨울이 조금 더 길 뿐이야

믿어 봐
너의 뜨거운 심장이
조금 더 빨리 봄을 앞당긴다는 걸

기다려 봐
이제 곧 네가 흘린 모든 눈물이
가장 찬란한 봄의 꽃을 피울 거야

건너가는 법

길을 건널 때는
손을 높이 들고
차가 멈추기를 기다렸다
건너가야 한다

슬픔을 건널 때는
손으로 얼굴을 가리고
눈물이 멈추기를 기다렸다
건너가야 한다

그러나 생이여
멈춰 주는 슬픔이 몇이나 있으랴

생을 건널 때는
슬픔과 슬픔 사이를
재빨리 건너뛰어야 한다

죽을힘을 다해 뛰어야 한다

내 뼈는 푸르고

내 뼈는 푸르고
내 피는 희네

하루에 한 번 슬픔이
몸 밖으로 흘러나오지
그래서 세상에 밤이 오는 줄
아는 이 있다면 내가 그를 지독히
사랑할 텐데…

내 눈물은 붉고
내 한숨은 그보다 더 붉지

그래서 장미가 아름다운 줄
아는 이 있다면
내가 기꺼이 그를 미워할 텐데
미움이 사랑이 될 때까지
하나 둘 셋…
마지막 기도입니다

내가 기뻐했던

모든 것들이 꽃이 되기를

내가 슬퍼했던

모든 것들이 별이 되기를

내가 사랑했던

모든 것들이 햇살이 되기를

얼마나 많은가

눈길 한 번 얻지 못하고
피었다 지는 꽃은
얼마나 많은가

마음 한 번 얻지 못하고
불타오르다 꺼지는 사랑은
또 얼마나 많은가

사람아
그래도 괜찮은 것이다

세상은 그래서 조금 더 향기롭고
사람은 그래서 조금 더 따뜻해지는 것이니

지금 보이지 않는 곳에서도
일생을 반짝이는 별은
얼마나 많은가

생각해 보면

시베리아까지 가기 위해
수천 킬로를 날아야 하는 철새를

태어난 곳으로 돌아가기 위해
수백 킬로를 헤엄쳐야 하는 연어를

하늘을 날아오르기 위해
칠 년 동안 땅속에서 기다려야 하는 매미를

십 미터를 가기 위해
한 시간을 기어가야 하는 달팽이를

수십 센치 바위를 뚫고
뿌리를 뻗어야 하는 소나무를

어제 숨을 거둔 사람이
그토록 간절하게 바라던 것을

아야진 해변

쓸데없이 세상이나 떠돌다가
미운 사람은 하나 없고
그리운 사람만 남거든
모래가 너무 고와
모진 사람은 살지 못한다는
아야진 해변에 누워
봄볕처럼 따뜻하게
지나간 생이나 후회하리
그래도 살아 좋았노라고
그래도 사랑해서 행복했노라고
가장 고왔던 이름 하나
백사장에 적어 놓고
마지막 상심과 설움
저녁 파도에 가벼이 부순 후에
모래가 너무 고와
차마 이별을 하지 못한다는
아야진 해변에서
사랑했던 모든 것들과
이 세상 가장 고운 이별을 하리

한계령

천천히 넘어라
서둘러 봐야 인제다

섬진강

물 한 잔 마실 시간쯤
물끄러미 바라보면

사람을
강으로 만들어 주는 강

태어난 곳으로
다시 돌려보내 주는 강

죽어 사라질 곳으로
미리 보내 주는 강

찰나의 삶을 영원의 물결 속으로
잠잠히 흘러들게 만드는 강

선자령

선자령만큼 울기 좋은 곳을 알지 못하네
손등으로 훔칠 필요도 없이
풍차처럼 가만히 서 있으면 되지
닭똥 같은 눈물조차
바람에 날려
흔적도 없이 금세 사라져 버리는 곳
선자령만큼 눈물이 잘 마르는 곳을 알지 못하네

닥쳐라 그쳐라
선자령은 이리 호통하겠지
그까짓 게 무얼 그리 얼얼하다고
산 아래 낮은 슬픔들을
예까지 끌어안고 올라와 호들갑이냐
수만 년 찬바람을 맞으며
나는 여기서 알몸으로 살아가고 있느니

선자령만큼 후련한 곳을 알지 못하네
사람에게서나 사랑에게서나
생에게서나
살 에이는 듯한 찬바람 맞았을 때
선자령으로 가라

닥쳐라 그쳐라
이 세상 가장 큰 바람을 맞다 보면
작은 바람쯤은 울 일도 아니다 싶어지리니
선자령만큼 눈물이 시원한 곳을 알지 못하네

추자도

살아가는 일보다
사랑하는 일이
더 뼈를 깎을 때가 있다

한 사람이 한 사람을
사랑하는 게 뭐 이리 어렵나
한 사람이 한 사랑을
지키는 게 왜 이리 아등바등한가
울컥 설움이 밀려오는 때가 있다

마음이 유리 같아서도 아니고
마음이 갈대 같아서도 아닌데
운명이 사랑을 허락하지 않아
심장이 물 빠진 갯벌로 변해 가는 날들이 있다

그러나 추자여
만년 파도에 깎인들
네가 섬이기를 포기하지 않았듯
천년 유배를 산들
내가 어찌 사랑을 묻어 버리겠느냐

그러니 추자여
내가 어찌 운명에 맞서
마지막 태양이 바다에 뛰어드는 날까지
그보다 뜨거운 불멸의 사랑과
기꺼이 웃으며 춤추지 않겠느냐

부디 힘내라고

안부를 묻다

잠은 잘 잤냐고
밥은 먹고 다니냐고
아픈 곳은 없냐고
많이 힘드냐고
얼마나 걱정하는지 아느냐고

풀잎 같은 세상에
꽃잎 같은 사람들

행복하라고
부디 힘내라고

괜찮냐고

그리 괜찮지는 않지만
당신이 내게 걱정스런 목소리로
괜찮냐고 물어본다면
나의 슬픔과 아픔은 조금 괜찮아지리

그리 괜찮지는 않지만
당신과 내가 진심 어린 마음으로
괜찮냐고 물어본다면
우리가 사는 세상은 한 뼘 더 괜찮아지리

그것을 알기에
나는 늘 당신에게 물으리
괜찮냐고 별일 없냐고 아무렇지 않냐고

그렇게 묻는 것만으로도
누군가에게 힘과 위로를 줄 수 있다면
참 괜찮지 않냐고

감사하고 기뻐하고 사랑할 것

일주일 이내의 일만 걱정하고
하루 이내의 일만 후회할 것

한 시간 이내의 일만 슬퍼하고
일 분 이내의 일만 미워할 것

그 이후와
그 이전의 모든 일들은
오직 감사하고 기뻐하고 사랑할 것

일 초 이내에
생은 영원히 막을 내리기도 하니까

마음길

마음에 길이 있다

밝은 길
어두운 길

따뜻한 길
차가운 길

혼자 걷는 길
함께 걷는 길

앞으로 가는 길
뒤로 가는 길

마음에 길이 있다
희망과 사랑, 내일로 가는 길

삶을 찾으리라

어둠을 응시하리라
고요를 경청하리라
바람의 향기를 맡으리라
혀로 햇살을 핥으리라
노을을 손에 쥐리라
꽃에게 입을 맞추리라
별에게 기도하리라
삶을 찾으리라

알고 있다

불운이 나를 둘러싸고 있다
그러나 내게는 용기가 있다

절망이 나를 포위하고 있다
그러나 내게는 희망이 있다

고통이 나를 넘어뜨리려 한다
그러나 내게는 신념이 있다

슬픔이 나를 무너뜨리려 한다
그러나 내게는 사랑이 있다

누가 이길 것인지는 모른다
그러나 누가 포기하지 않을 것인지는 잘 알고 있다

그걸 누가 모르나

비가 그치면
해가 뜬다는 걸 누가 모르나
밤이 지나면
아침이 찾아온다는 걸
겨울이 지나면
봄이 온다는 걸
그쯤이야 누가 모르나

절망이 지나면
희망이 찾아온다는 것
슬픔이 지나면
기쁨이 찾아온다는 것
그러나 그것은 막연한 기다림이 아니라
땀과 눈물을 흘려야만
비로소 얻어지는 결실이라는 것

열매를 맺으려
뿌리 줄기 잎 꽃이 온 힘을 다하는
한 그루 나무의 치열하고 처절한 삶
그걸 누가 모르나

어쩌면 나는

어쩌면 나는 조금 더 멀리

걸어갈 수 있었을지도 모른다

어쩌면 나는 조금 더 높이

하늘을 날아오르고

어쩌면 나는 조금 더 깊이

바닷속을 자유롭게

헤엄칠 수 있었을지도 모른다

그러나 만약 내가

단 하나만을 후회해야 한다면

어쩌면 나는 조금 더 많이

사랑할 수 있었던 건 아닐까

어쩌면 나는 인생이란 길 위에서 만난 사람들을

조금 더 따뜻하게

대할 수 있었던 건 아닐까

그 사실을 후회해야 하리

만약 그렇지 않다면

어쩌면 나는 일평생 한 걸음도

제자리를 벗어나지 못한 채

뱅뱅 맴도는 삶을 살아온 것인지도 모르기에

불청객

눈치를 줄 것

흘겨보고
싫은 표정을 짓고
퉁명스럽게 행동하고
거친 말로 화를 낼 것
그래도 물러가지 않으면
멱살을 잡고 끌어낼 것

그들은 대개 몰려다니는 법이니
단 한 명도 순순히 대하지 말 것
한 번 얕잡아 뵈면
우르르 안방까지 차지하고야 말 테니까

슬픔 절망 불행이
예고도 없이 불쑥 찾아오거든
찬물을 끼얹어 내쫓을 것
만약 그들이 눌러앉았다면
그것은 그대가 만만했기 때문임을

봄 편지 · 2

사무친 이름 하나 적힌
편지를 쓰고 싶어
이 봄에도 너를 그리워한다

봄이었던 여자여
봄인 여자여
언제나 봄일 여자여

네가 피워 놓은 꽃
사무치는 그 무엇 꿈꾸기에
겨울이 다 가도록 질 줄을 모르냐고
이 봄에도 너에게 편지를 쓴다

봄비 · 2

누가 기도하는가

지금 사랑하는 사람
생의 마지막 날까지 사랑하게 해 달라고

늘 그 곁에 머물며
함께 눈뜨고 함께 잠들게 해 달라고

꽃다운 얼굴에 주름 덮여도
그의 미소 바라볼 때마다
쿵 쿵 가슴 뛰게 해 달라고

누가 저리도 간절히 기도하는가

지금 사랑하는 사람
눈물 한 방울도 흘리지 않게 해 달라고

풀물

풀물 같은 거지

장미꽃이나
핑크빛이라 말하지만
5월의 풀잎 같은
그대를 보노라면

잠시 영혼의 풀밭을 거닐기만 해도
이내 심장이 물들어 버리고
한 번 물들면
영원히 지울 수 없는

사랑은
5월의 풀물 같은 거지

천 개의 영혼을 가진 여자

한 여자를 사랑했네
천 년을 기다려 만난 여자
천 년을 사랑해도 부족할 여자
천 년을 타오를 여자
천 년을 애태울 여자
천 개의 영혼을 가진 여자

한 여자를 사랑하네
천 개의 태양을 가진 여자
천 개의 달을 가진 여자
천 개의 밤을 가진 여자
천 개의 강물이 흐르는 여자
천 개의 심장을 가진 여자

한 여자를 사랑하리

천 송이 장미꽃이 웃는 여자

천 마리 사슴이 우는 여자

천 그루 자작나무가 잎을 흔드는 여자

천만 송이 눈송이가 쏟아지는 여자

천 개의 얼굴을 가진 여자

ㄱ 영혼 하나마다 한 번씩

그 심장 하나마다 한 번씩

그 얼굴 하나마다 한 번씩

그 사랑 하나마다 천 년씩

천 개의 사랑을 사랑하리

천 개의 영혼을 가진 그대를 사랑하리

수평선

폭풍우도 끊지 못한다

너를 사랑하여 내게도 하나 있다

그날 이후

섬진강 물에
너를 사랑했던 마음 띄워 보내고

일생을
흐르지 않는 강이 되었다

너울

믿지 말아야 한다

변함없이 잔잔하여
결코 위험에 빠지는 일 없으리라
자신하지 말아야 한다

순식간에 끌고 들어가
깊은 물속에
영원히 수장시켜 버리나니

사랑에 빠지고 싶다면
그대 믿어야 한다
이 세상 모든 사랑은
너울이라는 것을

가을이 다시 온다

아직 슬퍼야 할 사람이 있어
가을이 다시 온다

아직 떠나야 할 사람이 있어
아직 흘려야 할 눈물이 있어
아직 묻지 못한 물음이 있어
가을이 다시 온다

당신을 얼마큼 사랑했던가
코스모스보다 더 사랑했지
삶을 얼마큼 사랑할 텐가
코스모스보다 더 사랑해야지

이제야 피어나는 연분홍 꽃이 있어
아직도 물들지 못한 푸른 심장이 있어
가을이 다시 온다

폭설

한 사람의 가슴에
저리 내리쌓인 적 있는가

밤낮없이 쏟아져 내려
그의 영혼을 은빛으로 빛내 준

그의 서러운 겨울 내내
지치지 않고 쏟아져 따뜻이 덮어 준

사랑이여
폭설처럼 진탕 진탕 퍼부은 적 있는가

사랑은 얼마나

사랑은 얼마나 눈부신가
만 개의 태양보다 눈부시지

사랑은 얼마나 향기롭나
백만 송이 장미보다 향기롭지

그러나 사랑은 또 얼마나 날카롭나
천만 개의 가시보다 날카롭지

그런데도 사랑은 얼마나 황홀한가
억만 개의 별빛보다 황홀하지

사랑하는 마음이

우리가 꽃을 사랑하는 마음이
꽃을 더욱 향기롭게 만들고
우리가 별을 사랑하는 마음이
별을 더욱 빛나게 만든다

우리가 나무를 사랑하는 마음이
나무를 더욱 푸르게 만들고
우리가 하늘을 사랑하는 마음이
하늘을 더욱 높게 만든다

사람아
우리가 서로를 사랑하는 마음이
세상의 겨울을 봄으로 바꾸고
사람을 비로소 사람으로 만든다

나는 이대로 물이 되어 살리라

나는 이대로 물이 되어 살리라
먼 곳으로나 일생을 흘러가며
햇빛 별빛 가슴에 품고 살리라

나는 이대로 산이 되어 살리라
긴 세월 한자리에 우뚝 서서
푸른 하늘 흰 구름 벗하며 살리라

나는 이대로 나무가 되어 살리라
꽃 피우고
단풍 물들이다
겨울이면 마른 가지로 헐벗어도
땅속 깊은 곳 힘껏 뿌리 뻗으며 살리라

나는 이대로 모른 척 살리라

설움도 모르고

미움도 모르고

산다는 게 뭔지도 모르며

사랑이나 조금 아는 척하며 살리라

나는 이대로 사람이 되어 살리라

사랑이나 제법 아는 척하며 사람으로 살리라

유부초밥

두부라는 옛 이름은 버리고
기름에 튀겨지는 고통을 이겨 내며
찰기 흐르던 몸에 신고를 겪어야만
그럴듯한 한 끼 먹거리가 되는 법인데

저토록 애절히
한 몸으로 끌어안고 살자면
사랑이라는 일도 마찬가지 아니겠는가

세상 연인들아
초 치는 소리 같다만
사랑은 변하는 것이다
사랑은 변해야 하는 것이다

붉은 멍

이별을 겪은 이에게
멍은 남는 것

때로는 푸른 멍이 아닌
붉은 멍이 생긴다

시간이 흐를수록
멍 자국 더욱 선명해져

아, 내가 이토록 심하게 부딪쳤던가
소스라치게 깜짝 놀라
울게 만드는

게 같은 사랑

사랑이란 거 종종
갯벌 같을 때가 있지

그런 날
그대와 나 게 같기를

훌쩍 하늘로 날아오르는
갈매기가 아니라

갯벌 속으로
진득하니 더욱 파고드는

옆걸음으로라도
서로를 향해 맹렬히 달려가는

그리워하는 모든 것은 님이다

사랑하는 모든 것은 님이다

그리워하는 모든 것
보고 싶어 잠 못 이루는 모든 것
그의 안녕을 기도하는 모든 것은 님이다

사람이거나
짐승이거나
꽃이거나 나무거나
바다거나 밤 기차거나
노을이거나 젊은 날의 거리이거나

저녁 무렵
그의 이름을 나지막이 불러 보며
그리워하는 모든 것은 님이다

슬픔에게 기쁨을 주리

IV

만학晩學

사는 게 힘들어
조금 늦었습니다

꽃과 인사하는 법
별과 이야기 나누는 법
낯선 사람에게 미소를 건네는 법

이제 막
사랑을 배우는 중입니다

절망은 아직 배우지 못했습니다
후회나 미움은 배우지 않으려 합니다
죽는 날까지 멈추지 않겠습니다

산책

살아오며
많은 책을 읽었으나
가장 큰 깨달음을 준 건 산책

하늘과 바람이
풀과 꽃들이
개미와 달팽이가
밤하늘의 별들이
끝없는 지혜의 말을 들려주네

사람들아
이런 말장난 조금 겸연쩍지만
종이로 만든 책은
모두 죽은 책이라네
그대 살아 있을 때
산책, 실컷 읽기를

이즈음 걱정

바람 불면
꽃잎 떨어질까

비 오면
잠자리 날개 젖지 않을까

낙엽 지면
벌거벗은 나무 춥지 않을까

눈 쌓이면
개미집 무너지지 않을까

먹구름 짙으면
외딴 별 쓸쓸하지 않을까

이런 시 읽으면
그대 콧방귀 뀌지 않을까

징검다리

징검다리 하나 건너는 게
生이다 싶겠지만

흘러가는 거친 물살을 이겨 내야 하는
징검다리가 生이다

그런데도 징검다리가 되어 주는 게
참 生이다

바다

무슨 욕심이 그리 많아
세상의 모든 물을 끌어모으시나

아무런 욕심이 없어
세상의 모든 물이 몰려드는 게지

받아 주어야
바다가 된다

도랑물 개울물 계곡물
모두 가슴에 품어야
바다가 된다

바다가 쓴다

바다에 앉아
이 세상 그리운 것들에게
편지를 쓴다

바다에도
일출과 일몰이 있다고

바다에도
밀물과 썰물이 있다고

살다 보면 바다도
비에 젖고 폭풍에 휩쓸린다고

이 세상 마음 어린 것들에게
바다가 편지를 쓴다

울지 말라고
울어도 된다고

울었거든 네 영혼

바다보다 깊고 푸르라고

가끔은

가끔은 어둠을 볼 것
가끔은 침묵을 듣고
가끔은 바람의 냄새를 맡고
가끔은 햇살을 핥을 것

어쩌면 길이 아닌지도 모르니
어쩌면 이 길이 아닌지도 모르니

가끔은 땅에 입을 맞추고
가끔은 별빛을 가슴에 품고
가끔은 꽃에게 공손히 길을 물을 것

지금 그대 곁을

눈을 감아야 보이는 것들이 있다
귀를 막아야 들리는 것들이 있다
손을 놓아야 잡히는 것들이 있다

버려야 얻게 되는 것들이 있다
비워야 채워지는 것들이 있다
부족해야 가득 차는 것들이 있다

먼 길 걸은 후에야 깨닫게 되는 것들
조그만 더 일찍 알았어야 했던 것들
지금 그대 곁을 지나가고 있다

행복이 밥이라면

행복이 밥이라면

밥그릇처럼 살지 말고
숟가락처럼 살 일

제 안에만 품지 말고
이 사람 저 사람 입에
떠 넣어 주는

내 밥 더 먹으라며
반쯤 푹 떠서 덜어 주는

슬픔에게 기쁨을 주라

슬픔은
오랜 역사를 가지고 있다
그를 이기는 건 결코 쉽지 않은 일

그러나 슬픔은
봄을 잉태한 겨울 같은 것
지금은 오직 얼음으로 뒤덮여 있으나
이제 곧 그 얼음이 녹아
대지를 생명의 물로 적시리니

슬픔은 또한
씨를 품은 단단한 껍질 같은 것
그러나 이제 곧 그 껍질이 벌어져
연두빛 새싹 돋아나리니

슬픔에게 햇볕을 쬐어 주라
슬픔에게 미소를
슬픔에게 꽃다발을 안겨 주라

슬픔이 엉엉거리거든

작은 슬픔이 아우성치거든
마음아 기억하렴
시냇물이 강물보다
더 시끄럽기 마련이라는 것을

그보다 큰 슬픔이 잉잉거리거든
마음아 말해 주렴
제자리에 멈춘 채 영영
흘러가지 않는 강물은 없다는 것을

어찌해도 받아들이기 힘든
너무 큰 슬픔이 엉엉거리거든
마음아 잊지 마렴
바다는 모든 걸 받아들여서
넓은 바다가 된다는 것을

다음은 제236번 붉은 달 슬픔입니다

살아온 날보다 살아갈 날이

서너 뼘쯤 짧은 나이가 되면

이런 생각도 해 보기 마련인데

슬픔에게 번호를 붙여 볼까

제1번 슬픔, 제2번 슬픔, 제99번 슬픔…

생각이란 게 으레 그렇지

때로는 깊게 빠지고

때로는 엉뚱한 길로 접어들기 마련이니

차라리 슬픔에게 이름을 붙여 줄까

사슴 슬픔, 해바라기 슬픔, 검은 모래 슬픔…

생에서 종내 벗어나지 못한 슬픔이 있었던가

짚어 보면 반드시 그런 것도 아니었기에

지금 제235번 흰 달팽이 슬픔이 지나가고 있습니다

다음 슬픔은 제236번 붉은 달 슬픔입니다

여러분, 너무 울지 마시길

불행에게 돌을 던지지 말라

불행에게
돌을 던지지 말라
슬픔에게 침을 뱉거나
눈물에게 화내지도 말라

밤이 없다면
언제 노동을 멈추고 쉴 것이며
겨울이 없다면
언제 나무는 헌 옷을 벗겠는가

불운에게 주먹을 휘두르거나
이별에게 손가락질하지도 말라

어둠이 없다면
언제 밤하늘을 바라보며
우리가 이 별에
영원히 머물지 않는다는 사실을
어떻게 깨닫겠는가

느낌표

그대
이 느낌 아는지

물음표보다 느낌표가
많은 인생을 살고 싶다는

그대
이 물음 어떻게 생각하는지

조금 덜

'조금 더' 삶에서 벗어나
'조금 덜' 삶을 살아가라고
밤과 겨울과 죽음이 있다

조금 덜 가져도
행복할 수 있다고
조금 덜 이뤄도
행복할 수 있다고

조금 덜 행복할 때
진정한 행복을 깨달을 수 있다고

하루

인생은 짧다 말하지만
하루는 영원보다 긴 것

새벽 여명과
아침 일출과
저녁노을과
밤하늘의 별을 바라볼 수 있네

꽃들과
나무와
새들과
웃고 우는 사람들에게
다정한 인사를 건넬 수 있네

인생은 덧없다 말하지만
하루는 보석보다 눈부신 것

푸른 하늘과

춤추는 나뭇잎과

바람에 실려 오는 꽃향기와

반짝이며 흘러가는 강물에게

고맙다 고맙다 말할 수 있네

따뜻한 입맞춤과

부드러운 포옹을 나누며

사랑한다 사랑한다 말할 수 있네

인생은 빠르다 말하지만

하루를 소중히 사는 사람에겐 충분히 느린 것

거북이처럼 달팽이처럼 하루를 살아갈 때

아름답다 아름다웠다 말할 수 있네

사나흘

이미 떨어졌어야 했는데
사나흘 더 피어 있도록 주어진 시간이라면
눈물을 흘리며 헛되이 보내진 않으리

이미 떠났어야 했는데
사나흘 더 머물도록 허락받은 시간이라면
후회나 미움으로 잠 못 이루진 않으리

오늘과 내일 그리고 모레
이미 멈췄어야 했는데
사나흘 더 가슴 뛰도록 선물 받은 시간이라면
누구라도 기뻐하고 감사하며 살리

그러나 누가 알겠는가
오늘과 내일 그리고 모레가
실제로 인생이라는 책
가장 마지막에 붙어 있는 부록이라는 것을

어제 죽은 사람이

어제 죽은 사람이
나와 같은 일을 걱정했을 것이다

일주일 전에 죽은 사람이
나와 같은 일을 후회하고
한 달 전에 죽은 사람이
나와 같은 일로 타인을 미워하고
일 년 전에 죽은 사람이
나와 같은 일로 절망에 잠겼을 것이다

백 년 후에 죽을 사람이
나와 같은 일로 슬퍼할 것이다
삶과 운명을 한탄하며
이별과 불운과 눈물을 원망할 것이다

그러니 오늘 살아 있는 이여

그대는 무언가 달라야 하지 않겠는가

과거에도 늘 그러하였고

미래에도 늘 그러하리니

오늘 살아 있는 이여

오늘은 무언가 달라야 하지 않겠는가

용서

나도 당신과
똑같은 실수를 할 수 있기에

어쩌면 당신보다
더 큰 실수를 할지도 모르기에

당신과 나는
불완전한 인간이기에

용서가 우리를 조금이나마
더 나은 존재로 만들어 줄 것이기에

환불을 요구합니다

각본, 연출 모두 형편없군요
환불을 요구합니다

사람아,
인생은 자작극이란다

눈물로 크는 나무

신이여
우리에게 왜 눈물을 주셨나요

사람아
촛불은 촛농이 없으면 타오르질 못한단다

잊지 마라
사람은 눈물로 크는 나무란다

민들레

꽃도 싫어라

홀씨 되어
푸른 하늘 높이 날아갈 꿈에
노랗게 상기된 얼굴

뿌리도 버리고 줄기도 버리고
꽃마저 버려야
비로소 자유로워진다고

삶이 무겁거든
그만 내려놓으라고

하늘도 오를 만큼
가벼워진다고

돌탑

믿음이란 저런 거지
혼자가 아닌
여럿의 손을 거쳐 만들어지는 것
길을 가다 멈추고
두 손을 모으기만 하면
숭고한 의식을 치를 수 있는 것
돈이나 보물이 아닌
흔하디흔한 돌멩이가 제물인 것
반드시 하나 이상은 얹은 후에야
기도하는 것
다른 사람의 기도가
무너지지 않도록 조심하는 것
소원이 이뤄지지 않아도
원망은 생겨나지 않는 것
오히려 까맣게 잊고 살아가는 것
그 무엇보다 믿음이란 저런 거지
나의 기도가 반드시 가장 높은 곳에
놓이지 않아도 된다는 것

시를 사랑한다는 건

시를 사랑한다는 건
욕심을 비우는 일
시 한 줄을 읽는 것보다
욕심 한 줌을 버리는 것이
시처럼 아름답게 살아가는 일입니다

시를 사랑한다는 건
미움을 버리는 일
시 한 줄을 쓰는 것보다
미움 한 줌을 버리는 것이
시보다 곱게 살아가는 일입니다

시를 읽어도
시처럼 살지 못하는 사람이 있고
시를 읽지 않아도
시보다 맑은 울림을 주며 사는 사람이 있습니다

시를 사랑한다는 건

자신의 삶을 사랑하는 일

시 한 줄을 쓰기 위해

시인이 밤을 새우듯

꽃처럼 향기로운 삶을 살기 위해

언제나 두 손 모아 기도하는 일입니다